아이라는 이름의 철학자

아
이
라
는 이
름
의

철
학
자

임
우
현
지
음

징검다리

1부

어느날 문득
그 후 사랑 이야기입니다.

그리워 하는 사랑을 하다
사랑하는 사람을 만났고
그 사람만을 졸라서
결혼을 했습니다.
사랑이 사람이 됐고
오늘 그 사람
나만의 시가 됩니다.

결혼 기념일

6년이 지났습니다.
거창했던 프로포즈는
어느새
부끄러운 고백으로
변해 있었습니다.
결혼 기념일
잠시 시간을 내어
6년 전 이야기를 하고
참 감사하다 했습니다.
여전히
나에게 속아주는
사람은 한 명뿐입니다.

나에게 **속아**주는 사람은 한 명뿐입니다.

결혼은

일단 하고 나면
참 많이 후회합니다.
억울한 일 많고
화나는 일 많고
서운한 일 많고
그러니 그사람
제자들에게
결혼은 늦게 하라고
권한답니다.
그러나 어느날
내 가슴에
당신을 안 만났으면
어떻게 사냐라며
애교를 부립니다.
그 한마디의 행복에

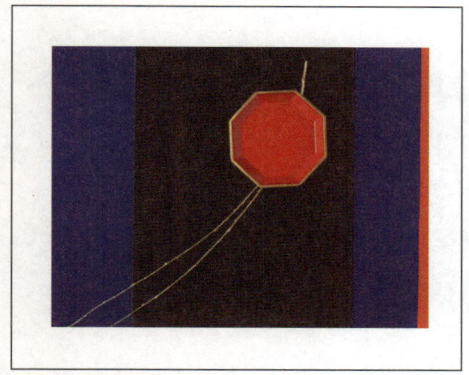

결혼은 내게 축복입니다.

어느날 문득

네가 그리워지면
그러면 어쩌지?
라는 시집을 내고
첫 사랑의 추억은
일기장의 책갈피에
남기어 두고
날마다 내 곁에서
내 곁에만 있는
사람을 그리며
살아가고 있습니다.
이제 어느날 문득
그리운 사람이 아닌
날마다 행복의
날들이 이어집니다.
시간이 많이
흘렀습니다.

첫사랑이

잊혀지냐고
가끔가다 아내가
짓궂게
질문을 합니다.
쓸데없는 이야기 한다고
화제를 돌리지만
또 내 눈을 쳐다보며
말 돌린다고
약을 올리고는 합니다.
이제야
고백합니다.
첫사랑
잊혀집니다.
당신 때문에 이미
다 잊어버렸습니다.
사랑합니다.

아내의 눈물은…

아내의 눈물은…

지금도 내게는
가장 큰 아픔입니다.
다른 것은
모두다 견딜 수 있는데
아내의 눈물은
내 심장을
아프게 합니다.
다시는
아내의 눈에서
눈물나게 하면
안 되는데
오늘도 아내가 웁니다.
지금 내 심장이
아픕니다.
아는지 모르는지….

웨딩드레스

참 우스웠습니다.
결혼을 했고
결혼식 일주일 전에
학교 근처에
집을 구했고
아는 선배
웨딩숍 차리는데
무료로 연습 삼아
웨딩사진 찍는다기에
얼떨결에
연습용으로 사진 찍었습니다.
평생에 한 번인
웨딩드레스는
무료로 빌려 입고
치러진 결혼식.
지금도 웨딩 사진이
몇 장 없어
미안할 뿐입니다.
조금의 아주 조금의

여유가 생기면
가장 먼저
웨딩드레스 입혀주고
싶습니다.

천식 네 이놈!

감히 네가
나와 같이
내 아내를 차지하다니
3년간의 집안의
곰팡이균이
결국에는 아내에게
천식이라는
친구를 선물했습니다.
병원에 가니
천식은 평생을
아내와 함께 간다 합니다.
천식 네 이놈!
감히 네가
나와 같다니
이런 나쁜 XX.

천사보다

착하다고 하고 싶습니다.
이유를 묻는다면
음…
음…
이유도 없습니다.
지금 저와
살고 있는 이유만으로도
당신은 진정
천사보다
착한 사람입니다.

우리나라 이혼율

언론에서 47%라는데
쉬운 말로
젊은 부부 두 쌍중
한 쌍이
이혼을 한다는데
저에게도 물어봅니다.
당신은 괜찮냐고
어리석은 사람.
그 사람과
다시는
대화하고 싶지
않습니다.
세상이 그렇다고
우리를 그렇게 보다니
아직
사랑을 모르나 봅니다.

사랑이 밥먹여 주냐고

그렇게
그렇게 말합니다.
결혼한 사람
사랑한다 말하면
사랑이 밥먹여 주냐고.
먹고 살만해야
사랑도 하는 거
아니냐고….
???
사랑이 밥먹여
주냐고 저에게 물어보세요.
사랑이 밥먹여 주나요?
    .

예!
밥 먹여 줍니다.
매일매일
너무나도 맛있는 밥을.
사랑해서
매일마다 배부릅니다.

사랑의 가장 큰 선물은

결혼입니다.

결혼을 망설이는 이들에게

사랑하세요?
그리우세요?
보고 싶나요?
결혼하세요.
최대한 빨리요.
혹시 나중에
후회하지 않냐고요?
대단하네요.
어떻게
사랑한다면서
나중을 생각하는지.
사랑의
가장 큰 선물은
결혼입니다.
오늘 난
믿습니다.
결혼하지 않았다면
더 큰 후회를
했을거라는 것을….

싸워서

슬퍼요.
알면서도 싸워서 슬퍼요.
아픈줄 알면서도
이러면 안 되는 줄 알면서도
싸워서 슬퍼요.
정말… 아닌데….

다시… 사랑한다면.

처음부터 당신과 하렵니다.
이런 날 저런 날
시간 허비하지 않고
많은 날 많은 시간
그렇게 힘들게 보내지 않고
처음부터 당신 만나서
행복하게 감사하게
그렇게 사랑만 하렵니다.
다시… 사랑을 한다면.

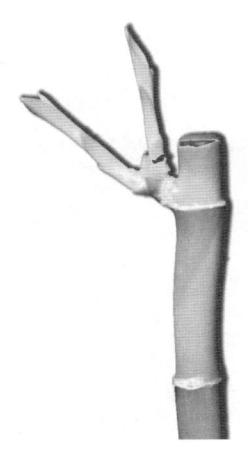

눈이 오는 날

밤이면 꼭 당신이 그립습니다.
혼자 맞는 눈이
왠지 처량해집니다.
당신이 함께 있으면
좋습니다.
어느 날부터인가는
세상 사는게 너무 바빠서
함께 눈 맞으며
여유부릴 시간도 없지만
그래도 눈오는 날이면 여전히
당신이 그립습니다.
같이 눈을 맞아보고 싶습니다.
이미 녹아버리고 없지만.

당신이 함께 있으면 좋습니다.

사랑

모름.
정말로.
진행 중.
어려움.
모름.

영화 한번 보려구요.

그냥
아무 생각없이
둘이 앉아서
영화 한 편 보려고요.
예전에 그랬던 것처럼
둘이 앉아서
오징어도 콜라도 팝콘도
그리고 분위기도
영화 내용보다도
그저 같이 앉아서
있다는 그 사실만으로도
행복하기에
영화 한번 보려고요.
바빠서
휴.

나이 서른이

다르긴 다릅니다.
아무것도 모를 때의
십대시절과
너무나도 뜨거웠던
이십대와
지금의 나이 서른셋이
다르긴 다릅니다.
무어라 말할 수 없지만
이 시대에서
나이 서른은
다르네요.
내 나이 서른셋입니다.
다르네요.
이 시대의 나이 서른은.

일어나지도 못하는

날들이 있었습니다.
아픈가 했는데
그런 것도 아닌
이유가 있나 했는데
그런 것도 아닌
일어나지도 못하는 날이
있었습니다.
.

이유를 못찾겟습니다.
.

사람 때문인지 모르겠습니다.
사랑 때문인지 모르겠습니다.

좋다.

당신 참 좋다.
그냥 참 좋다.
나 당신
좋아합니다.

아무것도 못합니다.

지금 나는 아무것도 못합니다.
무어라 말할 수 없지만
대통령 탄핵보다도
더 아픈 문제들이 제 마음을
감싸고 있습니다.
지금 나는
그래서 슬픕니다.
많이….

이 곳에

나누고 싶은 이야기는 쉽지는 않습니다.
가끔은 생각이 나도 곧 잊어버리기에
그리고 또 이 앞에만 서면
생각이 나지 않으니
이곳에 가끔 남기는 나의 흔적이
참 소중하기를 바라며
단 한 명 이라도
늘 같이 있다 느끼는
당신 때문에 행복해 하렵니다.
이곳에 오늘 사랑을 남깁니다.

이

곳

에

감기라는 놈은

사랑이라는 놈과도 같습니다.
언제 온지도 모르게찾아오더라고요.
별의별약도 다 먹지만
결국에는 시간이 약이더라고요.
때로는 힘들게도 하지만
사람의 힘으로는 할 수 없는
불가항력적인 그런 아픔이 있답니다.
감기라는 놈은
참나, 아플때 더 생각나는 사랑입니다.
지금 감기입니다. 지금 사랑입니다.

아하!

내가 아직은 젊구나!
33이라는 나이가
그리 많지 않구나!
아하, 내가 아직 젊구나!
이거 참.

꿈을 꾸는 것이

최면으로 된답니다.
최면을 걸어 꿈을 꾼답니다.
훗훗…
당신에게 최면을 겁니다.
오늘 밤 꾸어야 할 꿈을 전하고 싶습니다.
두 눈을 감고
단 한 시간만이라도
꿈에서라도 행복해질 수 있기를
세상에서 쫓기는
불쌍한 현대인에게
최면을 걸어드립니다.
행복해지시기를
그러기를
훗훗… 좋은 방법이네여.

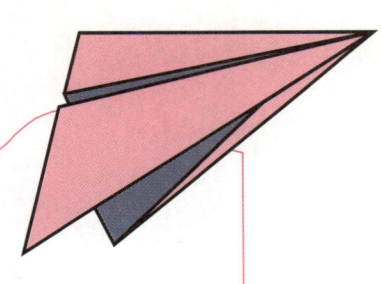

2부

어느날 문득
그 후 선물 이야기입니다.

태어나 내가 받는 가장
소중한 선물이 무엇인가 고민하고
결정했는데 단 일분도 걸리지 않습니다.
예빈이 입니다. 임예빈
제 생명입니다.
제 사랑입니다.

예빈이에게

아빠가
이글을 쓰는 이유는
네가 자라서
초등학생이 되고
사춘기가 되고
어른이 되어 버린다면
행여라도
아빠가 못나서
너를 이해하지 못할 때
내가 너를
얼마나 사랑했는지를
알 수 있도록,
아무리
아빠에게 실망해도
변함없는 사실
아빠는 예빈이에게
필요한 것을 정말
다 해주고 싶다고.
다만 해주지 않았다면

정말로
네게 필요 없던지
네게 위험하던지
아님
정말로
아빠가 힘들어
네게 줄 것을
구하기 위해
열심히 일하고 있던지.
알았지?
잊으면 안돼.
사랑해요.

잠들기 전의 기도

하나님
오늘도 지켜주셔서 감사합니다.
내일도 지켜주시고
싸우지 않고
욕하지 않고
아프지 않게 해주세요.
복에 복을 더하시고
지경을 넓히시고
모든 환난에서 벗어나
근심이 없게 하소서.
예수님의 이름으로
기도드렸습니다.
아멘!

P.S
중간쯤에 꼭 나옵니다.
이슬이 이모, 지현이 이모도
지켜주세요 (예빈이의 기도)

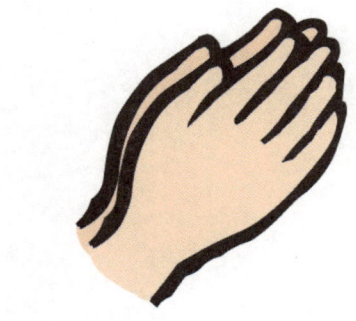

하나님 오늘도 지켜주셔서 감사합니다.

당신들의

아빠도
동일하게
이렇게 당신만의
동작 하나하나에
한마디 한마디의
말들에서
행복했을 겁니다.
잊지 마세요.
다 컸다고
어느새
다 컸다고
아빠를 잊지 마세요.
정말 입니다.
당신을 제일 많이
사랑하는 사람이 아빠입니다.

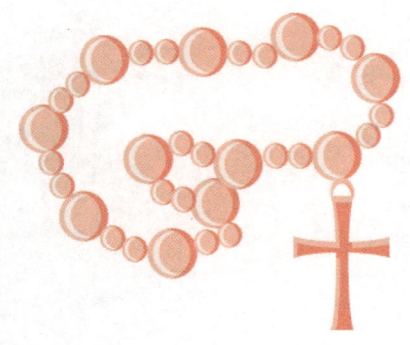

P.S

제 아버지는 2년 전에 돌아가셨습니다.

저는 그리움에 깨달았습니다.

너무 후회됩니다.

이렇게

이렇게도 해봅니다.
예빈아 예쁜 짓
예쁜짓
단 두 번의 호소만에
이렇게
예쁜짓 합니다.
아빠, 엄마
쓰러집니다.

P.S
예쁜짓 물어보세요.
아이들은 지금 너무 많이
보여주고 싶어 합니다.
물어만 보세요.

예빈아 예쁜 짓

아이는 아이의 눈이 따로 있습니다.

신기해라

세상은 폭설로
난리가 났는데
아빠 사무실 앞
가득 쌓인 폭설은
예빈이에게
그저 신기함의 대상입니다.
그저
신기해라.
다행입니다.
쌓인 눈을 바라보며
신기해하는
예빈이이기에.
정상이거든요.

P.S
아이는 아이의 눈이 따로 있습니다.
어른의 눈보다
몇 배나 순수한 눈이….

누나입니다.

교회 누나입니다.
하루에도 몇 번이고
싸우기도 하고 삐지기도 하지만
단 십 분도 못갑니다.
민지 누나와
눈사람을 만드는 것은
태어나서
처음 경험하는 일이기에
지금 너무
행복하답니다.
눈사람이 무언지도 모르지만
지금 너무
행복합니다.

P.S
모르기에 행복합니다.
우리도 너무 많은 것을
알아버렸습니다.
눈사람이 녹는다는 것도….

48

모르기에 **행복**합니다.

오뎅을 좋아합니다.

아빠가
오뎅을 좋아합니다.
엄마도
오뎅을 좋아 합니다.
그러니
예빈이도
오뎅을 좋아합니다.

P.S
우리는 가족입니다.
매일 먹는 음식이 같은
우리는 가족입니다.

우리는 가족입니다.

모르실 겁니다.

세상에
나와 비슷하게
생긴 아이가 있다는
사실의 흥분을.
보고보고 또 봐도
난 잘 모르겠는데
예빈이 보고
아빠랑 붕어빵이랍니다.
모르실 겁니다.
얼마나 흥분되는
행복인지.

P.S

하나님이 제게 준 축복입니다.

예빈이 만으로도

제게는 충분합니다.

감사합니다.

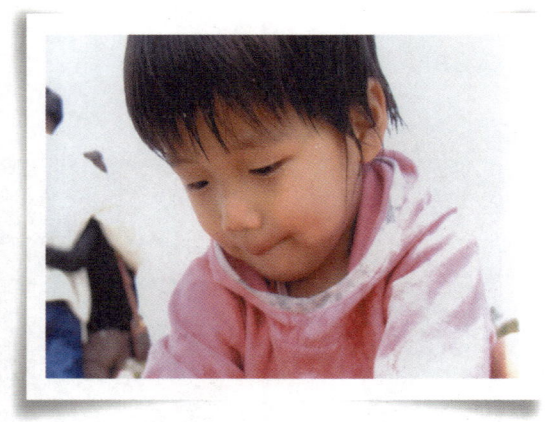

땀방울의

소중함을

땀방울의 소중함을

아시나요?
어린 예빈이조차도
흐르는 땀방울을
잊어야 할 정도로
진지하게
몰두하는 일이 있다는 사실을.
우리가 흘리는
땀방울도 모를 정도로
오늘 나의 인생은
날마다 진지한지
많은 반성을 합니다.

P.S
수고하고 땀 흘려
일하는 삶을 살고 싶습니다.

멍석 깔고

못 춘다는 춤이지만
돌이라도 깔아만 준다면
못할 것 없지요.
사랑하는 엄마 아빠 앞인데
또 보여줄까요.
그 유명한
요즘 유행하는
메가패스 춤이랍니다.
보여 드릴까요?

P.S
우리도 저랬을거고
당신도 저랬을 겁니다.
너무 커서 잊어버렸을 뿐입니다.

56

요즘 유행하는 메가패스 춤이랍니다.

오토바이 탈까요.

차를 운전해 볼까?
오토바이를 타 볼까?
못타는 줄 알지만
남자인생
폼생폼사이기에
4살의 나이로
어느새
예빈이도 남자입니다.

P.S

다 똑같습니다.

아빠의 호기심이나

예빈이의 호기심이나

나무야 사랑해

벌레야 사랑해
하늘아 사랑해
잔디야 사랑해
잠자리야 사랑해
사랑해
사랑해
다 사랑해

P.S
4살 예빈이 이기에
가능한 일입니다.
아빠인 나였다면
돈아 사랑해
명예야 사랑해
출세야 사랑해
이런 속물.

나무야 사랑해

나 잡아볼래

꼭꼭 숨어라
머리카락 보일라.
아무리 숨으라해도
오히려
잡히는게 재미있고
웃기는
예빈이만의
숨바꼭질입니다.
아무도 모르게
숨는 일보다
아빠에게 보이고
숨는 즐거움
기억나시려나
모르겠네요.

P.S
혼자 할 수 있어 다행이 아니라
아빠가 나 있는 곳
알고 있어 다행입니다.

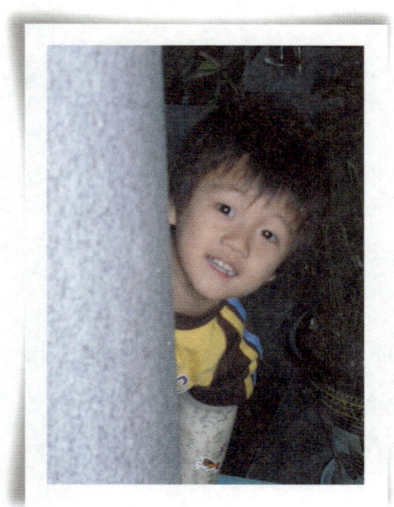

예빈이만의 숨바꼭질입니다.

백 명이 있든

천 명이 있든
몇 명의 아이가 있던지
바라만보면
알 수가 있습니다.
예빈이가
지금 어디에 서서
어떠한 율동을 하는지
아무리 많아도 보입니다.
제가 보기에는
가장 잘하기 때문에.

P.S

알잖아요.

재롱잔치 아이들 아무리 관객 많아도

아빠 엄마 없으면 아무 의미 없다는 것을.

뭘 그릴까?

연필을 들고
코뿔소를 그릴까?
사자를 그릴까?
어차피
누구도 제대로
해석할 수 없는
그림이지만
예빈이의
머릿속에는
아프리카 밀림이
펼쳐지고 있답니다.
이미
머릿속으로 다
그렸습니다.

P.S
상상이 줄어드는
제 머리가 부끄럽습니다.

뭘 그릴까?

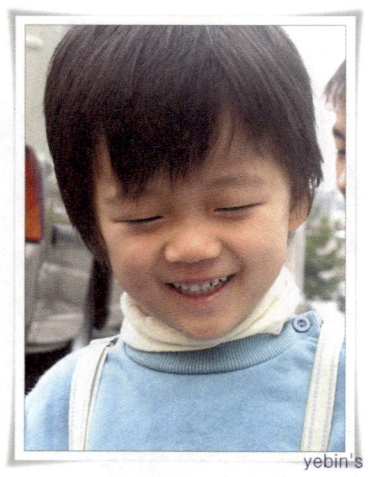

yebin's

언제나 **칭찬**은 **예빈**이를 자라게 합니다.

쑥스러운 마음에

쑥스러운 웃음으로
대처합니다.
쑥스럽지만
싫지만은 않은 듯
언제나
칭찬은
예빈이를 자라게 합니다.

P.S
오늘은 어떤 칭찬 좀 해 보셨나요?
아니, 어떤 칭찬을 받으셨나요?
하셔야 받지요!

슬퍼서

너무 많이 슬퍼서
억울해서
서러워서 웁니다.
누가
예빈이의 마음을
알겠습니까.
아빠는 알고 있지만
어떡합니까?
아직은 아무리 울어도
아닌 것은
아닌 것이기에
혼을 내어
울음을 만들어 줍니다.

P.S
울 줄도 알아야지요.
안 되는 것도 알아야지요.
어떻게 세상일 다
자기 뜻대로 합니까.

70

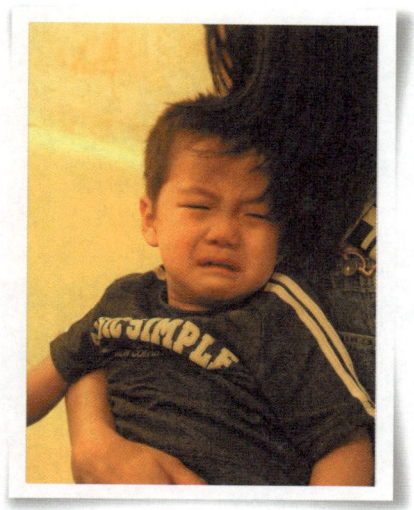

누가 예빈이의 마음을 알겠습니까.

저는 강아지입니다.

할머니와 외할머니가
가끔 저를
그렇게 부르십니다.
우리 강아지
우리 강아지
저는 아이스크림 좋아합니다.
강아지라
불러도 좋으니
자주자주
아이스크림을 사주세요.

P.S
우리는 어떤말 듣고
사는지 강아지(?)인지
아님 돈만주면 좋아하는 돈벌레인지

자주자주 아이스크림 사주세요.

앗싸! 신난다.

앗싸

신난다.
동물원 간다.
친구들이랑
사이좋게 놀고
아빠 엄마
시키는 대로
똥도 안 싸니
동물원 간단다.
앗싸!

P.S
예빈이의 천국은
동물원입니다.
우리들의 소망
천국은 어디입니까?

가자 가자

장난감 마차이지만
너무나도
진지한 호령에
웃음보가
터져 나오지만
웃을 수 없는 이유는
지금
예빈이도
너무나도 진지하기 때문이다.
우리네 세상도
사실은 장남감처럼
길어야 80년 사는 건데
세월의 장난감이
더 어렵네여.

P.S
장난감을 만든
주인이 있듯이
세상 만물을 만드신
주인이 있겠지요.

마차야 가자 가자

메롱!

아빠 메롱!
나는 지금
공룡타고 논다.
아빠 메롱!
동물원 안에
공룡 인형 위에서
바라보는 세상은
그저
즐겁기만 합니다.
아빠 메롱!

P.S
세상에 아빠를
무서워하는 아이가 있을까요?
정답은 예,입니다.
함부로 말대꾸도 못합니다.
무서운 가정입니다.

나는 지금 공룡타고 논다.

예빈이 안 보이지.

드디어
갈 때까지 갔습니다.
자기 두 눈만
가리고는
예빈이 보이냐고
물어봅니다.
안 보입니다.
어떻게 감히
보인다고 합니까?
예빈이와 놀려면
예빈이 나이가 되야하기에
무조건
안 보입니다.
진짜입니다.

P.S
4살난 아이와
한 시간을 놀은 사람
당신은 정녕
승리자입니다!

자기 두 눈만 가리고는…

부끄러워도

참나!
음료수 하나 사주고
사랑한다 말하며
웃어달라 했더니
이런 모습이
나왔습니다.
운명
드라마속 맨발의
이미지가 떠오르는 이유는
왜인지 모르겠습니다.
부끄러워 하기는….

P.S
머리 스타일에 따라서
입은 옷에 따라서
천 가지로 변화되는
얼굴입니다.
어른이라면 언제나
한두 개 얼굴만 있는데

사랑합니다

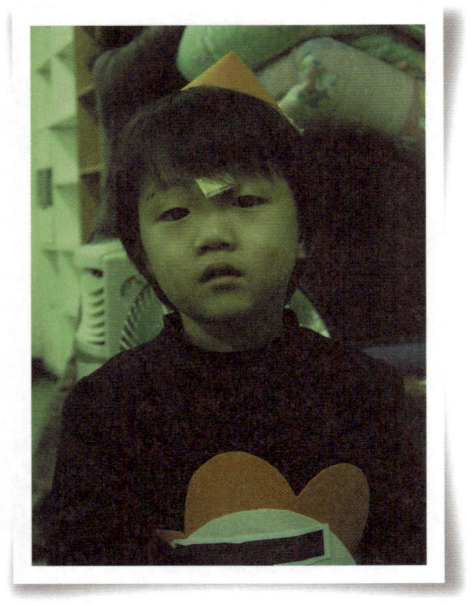

뭐여 나한테

왜 까불어?
나한테 왜그래?
주글래?
까불지마
너 이따봐
저리가
오지마
나한테 까불지마

…가!
…싫어!
…가!
…싫어!

P.S
어디서 배웠을까요.
도대체 어디서 저렇게
심한 말을?
혹시나 아빠에게서….

어흥! 난 사자다.

어흥!
무섭지!
난 사자다.
어흥!
왜 안놀래?
놀래야지
아빠는
강아지야
얼른 놀래야지.
어흥!
어흥!
진짜로
무서웠습니다.

P.S
내가 TV를 보는 이유는
예빈이에게 동물의 모습과
울음소리를 가르치기
위함입니다. 진짜입니다
사자만세! 공룡만세!

어흥! 난 사자다.

축구를 사랑합니다.

아빠가 보기에는 예빈이는
축구를 해야 합니다.
3살의 나이부터
축구공을 찼습니다.
가능하면
축구 신동이니
축구를 가르쳐
국가대표 선수로 만들고
유럽리그에 보내서
대스타를 만들고
저는 매니저 할랍니다.
진짜로 공을 차면
나갑니다.
신동인 이유입니다.

P.S
공을 차면 축구신동
라이언하면 영어신동
노래하면 가수
큰일입니다. 뭘 시킬지…?

축구를 사랑합니다.

게임 딱 세 번만

어린이 집을
다녀온 예빈이는
아빠와
꼭 협상을 봅니다.
아빠
게임 딱 세 번만
안돼, 두 번만
아빠
게임 딱 세 번만
안돼, 두 번만
아빠
게임 딱 세 번만
자식 이기는
부모 없습니다.
결국은 매번
다섯 번은 합니다.

P.S
어느 것이 맞는 교육은
없겠지요.
나도 모르기에
잘 키워야 할텐데….

아빠, 게임 딱 세 번만

졸리다

졸려서
너무 졸려서
정신없이
잠에 듭니다.
편하기에
그냥
아빠 엄마 다 있어
너무 편하기에
날마다
푹 자고 있습니다.

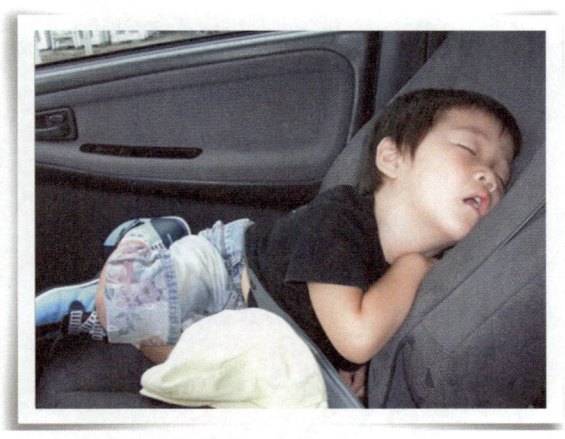

P.S

재우지 않아도 옆에서 있어주면

늘 안심하고 잠을 잡니다.

옆에만 있어주면….

변함없이 한길로 가요.

한곳만 봐요.

아빠
한곳만 봐요.
여기저기 보지 말고
내가 가르키는 저곳
저곳 한곳만 봐요.
저 하늘에
부끄럽지 않도록
아빠
변함없이 한길로 가요.

P.S
그러고 싶습니다.
변하지 않는 사람
늘 한곳만 보는 사람
그런 아빠이기를
원합니다.

즐겁고 유쾌하면 끝까지 바라보고

잘한다.

이모들 삼촌들
잘한다.
노래도 잘하고
춤도 잘 추고
잘한다.
예빈이는
정직하기에
즐겁고 유쾌하면
끝까지 바라보고
아무리
시끄런 음악을 해도
의미 없고
유쾌하지 않으면
바로 잡니다.
아님 나가던지
바로.

P.S
예빈이가 감성이
늘 지금처럼
정직했으면 좋겠습니다.
정직했으면...

97

승리 브이

아빠 브이
엄마 브이
자 하나 둘 셋 브이
작은 손가락
브이자를 그리며
미소 짓고 있습니다.
승리가
무엇인줄
아직은 모르지만
예빈이에게도
브이는 상징입니다.

P.S
살아생전 브이야 얼마든지
그리지만 죽음을 앞두고
하늘나라 갈 때에도
브이를 그릴 수 있어야
할텐데….

V

충덩!

29개월 임예빈
29개월 임예빈
시키면 시키는 대로
다 하겠습니다.

뽀뽀를 하라면 뽀뽀를
사랑해 하라면 안아주고
반지키스 하라면 안정환을
히딩크 하라면 히딩크를

시키면 시키는 대로
다 할 수 있으니
그저 이모 삼촌
아빠 엄마께서는
제 평생(?) 소원
아침마다 아이스크림이랑
매주 공룡을 보며
가끔씩 라면만
먹게 해 주신다면

29개월 임예빈
아빠 엄마 이모 삼촌
시키면 시키는 대로
다하겠습니다.

하나님
저도 하나님이
시키신다면
그대로 다하겠습니다.
그런데 너무 제 욕심이 커서
죄송합니다.
진심으로 부끄럽습니다.

이럴 때가

있었답니다.
아빠의 배위에서만
붙어 있어야 하는 때
아무것도 할 수 없고
아무것도 먹을 수 없고
오직 아빠가
해주는 대로만
해야 하는 때가
있었답니다.
우리가
너무 쉽게 잊어버리는
우리 힘으로
다 할 수 있을 것 같지만
아빠 없이
살 수 없을 때가 있었답니다.

아빠 없이 살 수 없을 때가 있었답니다.

닮았다

웃는 모습도
우는 모습도
삐지는 모습도

닮았다
먹는 반찬도
먹는 습관도
먹는 모습도

닮았다
장난스러운 것도
잘생긴 것도(?)
순진한 것도(?)

큰일이다
코후비는 것도
아랫배 나온 것도
엄마한테 혼나는 것도

닮았다
큰일이다. 좋다
아빠랑 아들이랑
닮은 것처럼
나도 하나님이랑
닮고 싶은데….

세상에 이런 일이

아무리
잘못을 했다해도
내 머리만한
제주 감귤을
두 개나 들게 하다니
도대체!
얼마나 큰 실수를
저질렀기에
이런 벌을…
아!
상상도 못할 벌칙에
놀라기만 합니다.

P. S
사랑하기에
많은 벌을 줍니다.
잘못을 잘못인줄 알아야 하기에

세상에 이런 일이

뒤로 넘어져도

코가 깨진다더니
앞으로
넘어져도
코가 깨진다는
사실을
알려주지 않아서
안심하고
넘어졌는데
이런
이 잘생긴 얼굴에
코가 깨졌답니다.
코만 보세요.
다른데는
쳐다보지
마세요.

P.S
항상 조심해야지요.
넘어질까? 다칠까?
조심시켜도 어렵네요.

뒤로 넘어져도 코가

안돼

제주도에서
돌아오는
비행기내내
참고 참던 것을
비행기에서
내리자마자
말릴 틈도 없이
비행기를 향해
자세를
취하는 예빈이
안돼 안돼
그 얼굴의 표정이
무슨 뜻인지
아빠는 알기에
안돼!

P.S
세상에 법도 있지만
세상에 법을 모르니
그저 아빠 품에 세상은
다 자기 것입니다.

110

안돼 안돼!!

나 멋있지

옆에서
와! 와!
멋있다는 소리에
이제 4살뿐인
어린 것이
잡은 폼을 보세요.
역시
너무 과한 칭찬은
사람을
교만하게
만들어 버립니다.
참 나!
아빠 닮아(?)
멋있는 건
어쩔 수가 없네여.

P.S
겉모습도 멋있게
그러나 속 마음은
더 겸손하게 자라기를
기도합니다.

겉모습도 멋있게 그러나 속 마음은 더 겸손하게

3부

어느날 문득… 그후
인생 이야기입니다

참나! 어느새 서른이 넘었습니다.
예수님 나이가 됐고 인생?
잘 모르지만 그냥 이것 저것 심란합니다.
잘 모르겠습니다. 나만의 이야기입니다.

효자동 이발사

참나!
그 아버지가
우리 아버지 같습니다.
표현법 약하고
화낼 줄도 모르고
괜한 말실수했다가
되로 돌려받는
무능력하지만
너무나도 사랑 많은
아버지
우리 아버지 같습니다.
내 모습이길
기도합니다.

영화 말죽거리 잔혹사

를 보았습니다.
생각나는 결론은
대한민국 학교
다 엿같다 입니다.
통쾌하더군요.
시원하더군요.
근데 그 영화는
제 영화는 아닙니다.
학교에는
그렇게 싸움만하고
반항만 하는 애들이
주인공인 곳은 아닙니다.

평범하게
3년간 개근상 받는
제 이야기도
아니 이 시대 대다수의
평범한
너무나도 평범한 사람들이
주인공으로 다닌 곳이
학교랍니다.
대한민국 학교
다 엿같지 않습니다.
영화는 재미있는데
연기는 너무 좋았는데
결론이 좀 슬펐습니다.

태극기 휘날리며

를 본
일천만 명 가운데
두 명이 저입니다
처음으로
두 번 보았습니다.
끝까지 죽지 않고
살아남은 원빈도 대단하고
정말로 간신히?
죽은 장동건도 대단하고
주인공이나 다른 사람들
어떤 사람
두 번도 죽던데…?
주인공처럼
살아야겠습니다.

다시는
이 땅에
전쟁이 없기를 바라고
미국이
회개하기를 기도합니다.
전쟁은
안 됩니다.

어버이날에

어머니 뵈러 갔습니다.
글쎄 친구분 중에
자식에게서
쫓겨난 할머니가
있답니다.
그런 자식 밑에서
어떻게 사냐며
흥분하시는
어머니 모습
처음에는 같이
흥분했는데
어머니 얼굴에
주름이 너무 많습니다.
얼굴에
그늘이 있습니다.
나도
똑같이 못난
아들입니다
죄송합니다.

어머니 얼굴에 주름이 너무 많습니다.

어머니

세상에서
이것저것
하는 일에 실패해서
빚도 많이 졌는데
빚쟁이들
매일 독촉하면
고개도 못들고
언제나 죄인처럼
그러나
유일하게
다른 빚쟁이는
하나뿐인 어머니입니다.
동네 분들
쌈짓돈 빌려서
막내를 주었다가
그것마저 못 갚아
막내와 같이
빚쟁이가 되셨답니다.
독촉에 시달리다

간신히 나에게
돈 이야기 하면
어김없이 눈물을
먼저 보이시며
이야기를 꺼내십니다.
그런 어머니에게
아들 놈
다른 때는
한마디도 못하다가
서러운 듯이
더 큰 소리로
뭐 그런 거로 우냐며
기다리라고
조금만 더 기다리라고
큰 소리를 치며
어머니를
무안하게 합니다.
어디서 생긴 용기인지
걱정 말라고

걱정 말라고
다 해주겠다고
큰소리치다
금방 집을 나오면
나중에 들은 이야기는
반드시 며칠을
앓으신답니다.

지난 밤
어머니에게
전화가 왔습니다.
누나네 집에
옷하나 갖다 놨다고
지난번
어머니 집에 가서
옷 갈아 입을 때
런닝이 찢어졌다며
그 모습이
그렇게 생각이 나서

속상하셨다며
아무리 힘들어도
찢어진 옷은
입고 다니지 말라고
한소리 하시며
누나네 집에서
찾아가랍니다.
알았다며
고맙다는 말도 못하고
전화를 끊었답니다.
마음이 많이 아픕니다.
마음이 많이 미안합니다.
어머니에게
잘해야 할 텐데….
잘해야 할 텐데….
전 참 바보입니다.

사랑하는 제자들에게

세상에서
리더가 뭐라고
가르치고 있습니다.
늘 소리를 지르고
가끔은
눈물나게 하면서
세상에서
리더가 되라고
가르치고 있습니다.
나도
그런 리더가
못되었으면서
불쌍하게
못난 리더 만나서
고생하는
제자들에게도
미안합니다.

부디 모두다
저를 닮지 않고
세상에서 꼭 필요한
빛과 소금 같은
리더가 되기를
오늘도 기도합니다.

행복한 배달

을 하고 있습니다.
세상에는
많이 있어
불편한 사람들도 많고
너무 없어
힘든 사람들도 많고
그 가운데
징검다리가 되어
날마다
행복한 배달을
하고 있습니다.
사랑하는 모든 이들에게
오늘 깜짝
선물이 배달되기를
그러기를
기도합니다.

징검다리가 되어 날마다 행복한 배달을 하고 있습니다.

십 년을

다녔습니다.
91년에
대학에 들어가서
2000년에
졸업을 했습니다.
어머니의
사고 보상금으로
받은 대학 입학금 외에는
기적적으로
등록금을 구해서
대학을 다녔습니다.
오래 다닌 만큼
많은 것을
배웠습니다.

졸업만 일찍 한다고
좋은 것은
아닌 것 같습니다.
무엇을 배웠고
무엇을 할 것인가가
더 중요한 것 같습니다
십 년을 다녔답니다.

죽이지 않았다면

중동의 전쟁이든
대테러 전쟁이든
어떠한 이유이든
피부가 다르고
이념이 다르고
사상이 다르다해도
절대로
사람이 사람을
죽이지 않았으면
그랬으면 좋겠습니다.
어느 날일지….

고속철도를

타보았습니다
기존의 열차와는
비교가 안 되게
빠른 기차입니다
2시간 거리가 1시간으로
줄어들었답니다.
와! 고속 철도를 타면
인생에 시간 여유가
많아질 것 같습니다.
저 고속철도
타보았습니다
정직하게 이야기를 하면
시간 여유 생기지 않습니다.
아니 오히려
더 바빠진 것 같습니다
이게 아닌데
왜 더 빠른데
더 바쁜지….
지금은 21세기입니다.

대한민국 고3은

사람일까요
아니면
수험생일까요
사람인데
사람 같지 않고
수험생으로만
살아가는
대한민국 고3들에게
이제는
일 년만을 위해서가 아닌
미래를 위해서
사람처럼
준비하기를
소망합니다.

그러나 다
어른들의 문제입니다.
미안합니다.
죄송합니다.
대한민국 고 3에게
할 말이 없습니다.
미안합니다.

대한민국에서는

밥굶는 사람
많습니다.
입을 것 없는 사람
많습니다.
치료받지 못하며
사는 사람도
많습니다.
그리고
그리고
그들을 지켜주고
도와주고 함께 할 수 있는
사람들도 많습니다.
이제
서로에게 꼭 필요한
사랑이 나누어지기를
기도합니다.
받는 사람은 축복을 전하고
돕는 사람은 사랑을 전하고
대한민국 사람임이 자랑스럽습니다.

제 꿈은

즐거운 목사입니다.
누구를 만나든
어느 곳을 가든
저를 만나는
모든 이들을
즐겁게 해주는
즐거운 목사입니다.
지금은
실수투성이 전도사이지만
언젠가 제 꿈은
즐거운 목사입니다.
십년만 기다리신다면
그 모습
되어 있지 않을지….
그러기를 기도합니다

인터넷은

참 좋다
카페도 있고
다음카페
서원경 중고딩
홈페이지도 있고
www.jing.co.kr
메일도 있고
jing2987@hanmail.net
뉴스도 보고
정보도 얻고
오락도 하고

인터넷은 참 좋다
단 조건은
꼭 필요한 것만
볼 때만 좋다
그 외에는
인터넷은
독약과 같다
그래서 안 좋다

아빠 약속!!

화나도 싸우는 모습은
보이지 않을게.
힘들어도 포기하는 모습은
보이지 않을게.
속상해도 저주하는 모습은
보이지 않을게.
비교하지 않으며
높이지도 않으며
언제나 함께 가는
못났지만 네게만은
희망이 되어주는
그런 아빠가 되어줄게.
아빠 약속!!
손가락 약속!!

미안해서 더 많이

차라리 나말고
더 능력있는 아빠를 만나지.
어떻게 이렇게
못난 아빠를 만나게 됐는지
행복하게 해주고 싶지만
아직은 잘모르겠지만
아빠는 참 부족해서
미안하고 미안해서
더많이 사랑할게.
미안해서 더 많이….

쉽지 않지만

해보려 합니다.
아무나 갈수 없다기에
누구나 할 수 없다기에
해보려 합니다.
내 나이
아직 실패를
인정할 수 있을때
쉽지 않지만
해보려합니다
시간이 흘러
이 날을 후회하지
않을지는 모르지만
그래도
지금 가는 이길을
가보려 합니다.

누명….

누명입니다.
정말 어이없는
눈물은 커녕
웃음도 나오지 않는
누명입니다.
대꾸하지 않았습니다.
인정하는 것이 아니
아직은 우리가 약하기 때문입니다.
그렇다고 분노하지만은 않습니다.
기다립니다.
진실이 알려질 때를
알려져도
소리 내지는 않으렵니다.
이미 아시는 분이 있기에
누명입니다.
오늘 참아보렵니다.

아버지라는 울타리

25년간
아버지의 아들로
살아왔답니다.
새삼스레 돌이켜보니
아버지라는 울타리가
그리워집니다.
어느날 전화 한 통으로
아버지하며
불러보고 싶지만
지금은 제곁에 안계십니다.
이제 막 3년간
아들의 아버지로 살아왔습니다.

새삼스레 생각해보니
아버지라는 울타리가
힘겨움을 느낍니다.
어른이 될때까지
몸도 마음도
건강하게 지켜주기가
쉽지않음을 느낍니다.
아버지라는 울타리가
감사이며
행복임을 느껴가는 하루하루입니다

행복하세요

좋은 것도 많은데
그런대로
살아가는 재미도 있는데
잃어버린 것들만
생각하니
나이 들면
서럽다고들 합니다.
이태백
사오정
오륙도
대한민국 안에
불쌍하다
말하는 사람들인데
그 사람들
나름대로
행복하게 사는데
옆에서는 힘들다하니

정말로
힘들기만 한줄 압니다.
여러분
힘내세요.
행복하세요.

고맙습니다.

강. 김. 정. 고. 황
조. 전. 이. 차. 오씨 등등등

이름을 다 쓸 수 없고
고마운 동역자들에게
너무너무 고맙습니다.

감사합니다.
세상을 살아가며
사역을 배워가며
인생을 느끼도록
가르치시는 선배님들과
삶의 모델에게
이름없이 빛도없이
배운 대로 살겠습니다.

사랑합니다.
아내와 제 어머니
가족들과 친구들
둘도 없는 제자들과
늘 든든한 후원자들
그리고 나의 하나님
사랑합니다.
사랑합니다.

초판 1쇄 인쇄 2004년 7월 6일
초판 1쇄 발행 2004년 7월 7일

글 /임우현
발행인 /박대용
펴낸곳 /도서출판 징검다리
주소 /서울시 마포구 합정동 426-1
전화 /3143-1966 · 332-3880 / 팩스 3143-2757
등록 /1998년 4월 3일 (제10-1574)
e-mail /zinggumdari@hanmail.net

ISBN 89-88246-79-9 03810